成語故事
Chinese Idiom Stories

作者：陳鈴美
繪圖：蔡嘉驊

編者的話 From the Editors

　　我們是麥荷（Heather McNaught），一個學中文已經很多年的學生，和齊玉先（Ocean Chi），一個很愛教中文的老師；我們是《中文讀本》的主編。我們很希望你會喜歡《中文讀本》這套書。這套書的故事包括有傳統故事（traditional stories）和原創故事（original stories）。

　　學習語言不只是要學習文法和生詞，也要學習那個國家的文化，他們有意思的故事是什麼？有名的人是誰？平常的生活跟你一樣不一樣？如果你是正在學習中文的學生，你應該會對華人社會和中華文化有興趣，也想多知道一些中國人的故事。

　　你一定已經學會了很多漢字，想多看看一些中文書，問題是你找不到好看的書可以讀，對不對？讀那些給小朋友看的書，沒意思；看那些寫給中國人看的書，太難了，看不懂，怎麼辦？那麼，選這套書就對了，因為這套書就是寫給外國人

看的。書裡面用的都是比較簡單的中文，用較容易的語法來寫的。而且這套書的故事不是寫給小朋友的，是寫給大人的，所以你一定會覺得故事很有意思。

看完這套書，你的中文一定會更好，肯定會學到一些新的東西，知道更多中國人的故事。

喜歡這本的話，就再看一本吧！祝你讀書快樂，中文學得越來越好！

麥荷和齊玉先　共同編輯於台灣台中

目　次　Table of Contents

一

半途而廢

很久很久以前，河南這地方有個名叫樂羊子的人，他的妻子非常**賢慧**[1]。

為了求得知識，樂羊子到很遠的地方去讀書，可是才過了一年，就回家來了。他的妻子正在織布，見他突然回來，驚訝地問：「你的學業這麼快就完成了嗎？」樂羊子回答說：「還沒有！可是我在學校住不慣，餐廳的食物淡而無味，宿舍的床又冷又硬，而且四個人住一間。我想讀書，他們卻想聊天，害我無法專心。我在那兒天天想著家裡溫暖的床，想著妳燒的菜，所以就跑回來了。」

樂羊子的妻子聽了以後，馬上轉身拿起一把剪刀，**喀嚓**[2]一聲，把織布機上已織成的布剪成兩段。樂羊子被妻子的舉動嚇壞了，連忙說：「這織布機上的布，是一絲一線累積而成的。由絲變成布，是要花很多精神、時間才能換來的。現在妳把它剪斷，以前所有的努力不就白費了？」妻子難過地回答：「你讀書求學和我織布不也是同樣的道理嗎？都是從早

---

1. 賢慧（xiánhuì）通常用來形容勤勞、會做家事、能體貼人的女性 virtuous and intelligent（used to describe a woman）
2. 喀嚓（kācā）用剪刀剪斷東西的聲音 an onomatopoetic word used to describe the sound that a pair of scissors makes

到晚，整天不停地努力，才能有成就，如果你才學一半就放棄，那不就和我剪斷織布機上的布一樣，白白浪費許多寶貴的時間了嗎？」

樂羊子聽完妻子的勸告後，深受感動，緊緊地握著妻子的手說：「我知道錯了，就算環境再辛苦，也不應該半途而廢，做到一半就放棄。我會好好完成我的學業，絕對不會再讓妳失望了。」說完立刻離開家，回到學校繼續未完成的學業，直到七年後學成了，才回家見他的妻子。

> **半途而廢** 比喻工作或學業沒有完成就停止。
> 例句：學習任何語言都一樣，如果半途而廢，就會白白浪費許多金錢和時間，也達不到預期的成效。

回答問題，看看你理解了多少？

1. 樂羊子做什麼事半途而廢？

---

2. 他的妻子用什麼方法讓他明白不應該半途而廢？

二
一鳴驚人

內文 Text：track3　生詞 Vocab：track4

　　戰國時期，齊威王三十歲就**繼承**[3]了王位。當時他因為太年輕，還很貪玩，所以繼位後，他一連三年成天吃喝玩樂，對國家大事毫不關心，使得有功勞的**臣子**[4]得不到獎賞，做了壞事的大臣也沒受到懲罰。整個國家亂七八糟，問題也越來越嚴重。

　　其他國家看見機會來了，接二連三派出軍隊攻打齊國，併吞齊國不少土地。大臣們看到這種情況，都十分憂慮，但是因為齊威王每次都把前往勸說的臣子殺了，所以誰都不敢再去規勸。

---

3. 繼承（jìchéng）指兒子從死去的父親那兒獲得財產、地位或事業 to inherit; to succeed

4. 臣子（chénzǐ）國王的屬下，為國王做事、出主意的人 the subject of a king; official in a feudal court

淳于先生是個很有才能、口才也很好的臣子。他實在受不了齊威王這種不負責任的態度，有一天，就跑去見齊威王。齊威王正和**妃子**[5]們在一起喝酒、唱歌。他知道淳于先生來的目的，就故意提高聲調說：「你來這兒是要陪我喝酒、聽音樂？還是有什麼話想要對我說？」淳于先生回答：「三年前我們齊國飛來一隻大鳥，身上的羽毛非常鮮豔漂亮。牠停在齊國的高山上，但從來不飛也不叫。我問遍了全國的人民，可惜沒有一個人知道這是什麼鳥。大王，您學問比較好，您知道這是什麼鳥嗎？」

　　齊威王聽出淳于先生想藉鳥諷刺他不處理國家大事，就像是一隻美麗卻不會飛、也不會發出美妙歌聲的鳥一樣，一點用處也沒有，就說：「這可不是一隻普通的鳥呀！牠不飛就算了，但只要展開翅膀**飛翔**[6]，就會衝上高空，飛入**雲端**[7]；不叫就算了，只要**扯開**[8]喉嚨，優美的歌聲就會傳遍全國，沒有

5. 妃子（fēizǐ）國王的第二個、第三個太太……等等，地位比皇后低 a concubine
6. 飛翔（fēixiáng）盤旋飛行 to fly
7. 雲端（yúnduān）雲層最高的地方 high in the clouds
8. 扯開（chěkāi）用力打開 to tear open; to open something violently

一個地方聽不到的。」

　　淳于先生知道齊威王聽懂他話中的涵義，又怕他意志力不夠，於是冒著被殺的危險，對齊威王說：「大王，如果您再沉迷於酒色，最後不只全國人民會離開您，連所有的土地、美女、權力、金錢也都會變成其他國家的，到時您只能兩手空空，孤單一個人逃亡到國外。為了一時的享受而付出這麼慘痛的代價，值得嗎？」

　　齊威王聽完這番話後頓時嚇出一身冷汗，他了解事情的嚴重性，於是急忙站起身來向淳于先生**拱手**[9]說：「謝謝您及早提醒我，否則因小失大，後果真是無法想像啊！」

　　從此齊威王開始認真治理國家。首先他**召見**[10]了全國的縣長，對盡忠負責的人，給予獎賞；對失職懶惰的人，嚴格處罰。接著，他又派兵打敗了別的國家，收回被佔領的土地。此後他在位的三十幾年，齊國一直是一個強大的國家。

---

9. 拱手（gǒngshǒu）把兩手合成一個拳頭的形狀向對方敬禮，是中國人表示尊敬人的一種動作 to cup one's hands in greeting or subservience
10. 召見（zhàojiàn）在高位的人叫較低位的人來見面 to summon to an interview

回答問題，看看你理解了多少？

1. 淳于先生用什麼方式來勸齊威王?

2. 整天沉迷於酒色的齊威王為什麼突然改變了
　呢?如果他不知改過，齊國最後會如何?

三

鷸蚌相爭

戰國末年，趙國準備派兵攻打燕國。燕國的一個臣子蘇代知道了，怕趙、燕兩國相攻，會讓虎視眈眈的秦國白白得到好處。於是蘇代就去求見趙王，講了一則這樣的故事：

一個天氣晴朗的日子，一隻蚌[11]從水裡爬上岸，在岸邊張開蚌殼曬太陽。這時天上一隻鷸鳥[12]看見了，興奮地睜大眼睛說：「哇！好肥的蚌肉啊！我已經餓得快飛不動了，可不能讓牠跑掉！」於是牠迅速地衝下來，伸出長嘴對準鮮美的蚌肉用力啄[13]下去。被襲擊的蚌痛得趕緊將兩片蚌殼合上，把鷸鳥的長嘴緊緊夾住。

鷸鳥用盡力氣，長嘴怎麼拔也拔不出來。牠威脅蚌說：「臭河蚌，如果你不張開你的殼，今天不下雨，明天不下雨，你回不到水裡，到時就會被太陽活活曬死！」蚌聽了也有恃無恐地說：「笑死人了，笨鷸鳥，你的嘴已經被我夾住，你今

---

11. 蚌（bàng）水中體軟有殼動物，能生珠；它的殼上下兩片，形狀像扇子 a clam, oyster, or mussel
12. 鷸鳥（yùniǎo）一種嘴巴很長的鳥 a snipe
13. 啄（zhuó）指鳥用嘴去敲打東西的動作 to peck

15

天拔不出來，明天拔不出來，就不能吃東西，到時也會活活餓死。」

正當牠們誰也不肯放開誰時，一位老漁翁恰好經過這兒，心想：「今天出門捕魚不順利，只抓到幾條小魚，正愁晚餐沒著落[14]，沒想到食物就自動送上門了！」他不費一點力氣，伸手就把蚌和鷸鳥抓回家當晚餐了。

故事說完後，蘇代懇求趙王說：「現在貴國打算攻打燕國，如果兩國真的打起來，雙方的人民都受苦，就像鷸和蚌一樣，不但誰也沒得到好處，恐怕強大的秦國還會像漁翁那樣，趁機併吞趙、燕兩國呢！請大王三思呀！」

趙王聽了，覺得有理，說：「我真糊塗，你說得很對，如果趙國因此而亡國，還真是得不償失呢！」於是就放棄了攻打燕國的計畫。

---

14. 沒著落（méizhaóluò）沒結果 no result

鷸蚌相爭　比喻雙方相持不下，讓第三者佔了便宜。

例句：這兩家商店為了搶客人，不斷地降低價錢吸引消費者，結果受惠的是搶便宜的民眾，真是「鷸蚌相爭，漁翁得利」啊！

回答問題，看看你理解了多少？

1. 蘇代為什麼要去見趙王?他講了一個什麼故事給趙王聽？

2. 趙王聽完故事後的反應如何？

四

自相矛盾

內文 Text：track7　生詞 Vocab：track8

　　從前，有一個楚國人以賣兵器為生。有一天，他帶著**長矛**[15]和**盾牌**[16]到市場上叫賣。他敲**鑼**[17]打鼓地吸引大家的注意，接著舉起手中的盾牌，對著來來往往的行人大聲說：「來！來！來！你們瞧我手上的這塊盾牌，不只外型美觀，而且是用全世界最好的材料製成的，非常堅固。如果不信，你們可以用力敲敲看，多硬呀！無論用多麼鋒利的武器，也無法刺穿它。」這番話引來了旁觀的群眾。

15. 長矛（chángmáo）武器名，是一支長棍，前端有尖銳的部分 a lance
16. 盾牌（dùnpái）一種用來保護自己的武器，可以擋住刀或矛等尖銳的東西 a shield
17. 鑼（luó）一種中國樂器，形狀像一個盤子，可以掛起來敲打出很大的聲音 a gong

看著人群越來越多，這個楚國人又得意地拿出擺在一旁的長矛，繼續**吆喝**[18]著說：「今天我帶來的寶物可不只有盾牌。請各位再看看我手中的這支長矛。你們可要看仔細，這不是普通的長矛，它的矛頭是用非常堅硬的鋼**打造**[19]出來的，特別鋒利，不論您拿多麼堅固的東西來抵擋，沒有不被它刺破的！」這時大家的目光，又都轉向楚人手中的長矛。

　　楚人一邊大喊著長矛的好處，一邊揮動著手中的盾牌。就在大家準備掏錢出來購買時，人群中站出來一位老人，他彎下腰一手拿起一支長矛，另一手拿起一面盾牌，問楚人說：「老闆，你剛才說，你的盾牌非常堅固，不論什麼武器都不能刺穿它；而你的長矛又十分鋒利，沒有任何東西可以抵擋它。那麼請問，如果我用你的長矛來刺你的盾牌，結果會怎樣？」

　　楚人聽後，臉都脹紅了，不知該如何回答，而那些正準備掏錢購買的人也都把手中的東西放下，眼睛直盯著楚人

---

18. 吆喝（yāohè）大聲用力叫著，想吸引其他人的注意 to hawk one's wares
19. 打造（dǎzào）做 to make or fabricate

說：「對啊！對啊！老闆，到底是你的盾牌堅固，還是長矛鋒利？請你講清楚，不要把我們當傻瓜。」楚人急得滿頭大汗，不知如何是好，趕緊手忙腳亂地收拾好他的長矛和盾牌，迅速地逃離市場。

自相矛盾 比喻言語或行動誇大不實或編造謊言，弄得前後不相符合。
例句：昨天你才說這家店的食物難吃，今天你又興沖沖地跑去買，這不是自相矛盾嗎？

回答問題，看看你理解了多少？

1. 楚人到市場賣什麼？他如何推銷他的東西？

2. 楚人把他帶去的東西都賣完了嗎?為什麼?

五
哄堂大笑

　　馮道是五代的人，他非常有學問，為人謙虛，脾氣好。他的另一個同事和凝，雖然也有學問，但個性比較**急躁**[20]。

　　有一次，和凝在辦公室，看到馮道笑容滿面地穿著新衣新鞋走進來，那雙新鞋正好和他前天買的一模一樣。他立刻把馮道攔下問：「嗨！馮兄，您今天心情不錯哦，穿新衣又穿新鞋。咦？是不是有什麼喜事呀？新鞋子還真時髦啊！花了多少錢買的？」

　　馮道低頭看著鞋，笑嘻嘻地對和凝說：「昨天下班回家，看到商店正在打五折，就進去買了件新衣，然後再到隔壁的鞋店買了新鞋來搭配。說到這鞋子，可便宜的很，才九百！你要不要也趕快去買？」

　　「什麼？只要九百？」和凝是個個性很急的人，馬上把自己的僕人叫進來說：「馮大人買了雙和我一樣的鞋子，為什麼人家才花九百，而前天你幫我買的鞋子，卻要一千八。你怎麼辦事的，就不會貨比三家嗎？」僕人聽了，嚇得臉色發白，跪在地上說：「大人，您冤枉我了，我真的跑了好幾家，到處去比價呢！有的賣兩千，有的賣一千八，所以我就買一千八的。至於馮大人的九百是在哪兒買的，我真的不知道。下次我一

20. 急ㄐㄧˊ躁ㄗㄠˋ（jízào）遇到事情容易著急、生氣 irritable

定會再多問幾家，請大人不記小人過，再給我一次彌補的機會！」

這時，馮道咳了一聲，慢吞吞地對和凝說：「老弟，您別急嘛！我剛才的話還沒說完呢！我說的九百是左邊這隻鞋，而右邊這隻鞋也是九百啊，兩隻加起來，不正好是一千八嗎？我又沒說是『一雙』九百。」

馮道和和凝辦公室的同事聽了他們兩人的對話後，全都笑彎了腰。只有和凝被弄得哭也不是、笑也不是，氣得整天都不和馮道說話。

> **哄堂大笑** 形容滿屋子的人同時大笑起來。
> 例句：小明上課時常會做出一些動作，讓全班哄堂大笑。

回答問題，看看你理解了多少？

1. 馮道和和凝的學問與個性都一樣嗎？

2. 和凝的新鞋真的比馮道的鞋貴一倍嗎？

六
狐假虎威

內文 Text：track11　生詞 Vocab：track12

　　戰國時代，北方各國都很害怕楚國的昭**將軍**[21]。楚王不明白為什麼會這樣，就問身邊的臣子：「為什麼北方各國都害怕我們昭將軍呢？」

　　有個臣子就站出來向楚王講了一則故事：

　　從前，有一隻老虎抓到了一隻**狡猾**[22]的狐狸，老虎心想：「這真是天上掉下來的禮物，我已經好幾天找不到東西吃了，肚子餓得不得了，現在終於可以好好大吃一頓了。」就在老虎張開血盆大口、正準備將狐狸一口吞下時，機警的狐狸突然想出了一個好辦法。他裝出一副神氣的樣子對老虎說：

---

21. 將ㄐㄧㄤ軍ㄐㄩㄣ（jiāngjūn）帶領軍隊的最高指揮官 an army general
22. 狡ㄐㄧㄠˇ猾ㄏㄨㄚˊ（jiǎohuá）形容人聰明但心地不好 crafty; cunning

「慢點！老虎兄，你不能吃掉我，因為我是上天新派來當**百獸之王**[23]的，如果你敢吃掉我，上天就會處罰你。」老虎用懷疑的眼光看著狐狸說：「真的嗎？就憑你這副**賊頭賊腦**[24]的樣子，也配當百獸之王？」

23. 百_{ㄅㄞˇ}獸_{ㄕㄡˋ}之_ㄓ王_{ㄨㄤˊ}（bǎishòuzhīwáng）所有動物的王，通常指老虎或獅子 the king of beasts – usually a tiger or lion

24. 賊_{ㄗㄟˊ}頭_{ㄊㄡˊ}賊_{ㄗㄟˊ}腦_{ㄋㄠˇ}（zéitóuzéinǎo）形容人的行為好像小偷，總是躲來躲去，很怕別人看到的樣子 describes a person who is acting sneakily, as if afraid that people will see him

狐狸看老虎好像有點上當了，就接著說：「如果你不相信，可以跟在我後面，看看森林中的動物見到我，是不是都會嚇得趕快逃命，到時就可證明我是不是百獸之王了！」老虎想知道狐狸說的話是不是真的，就答應跟在牠後面到森林裡走走。

　　狐狸和老虎一起走進森林，首先牠們遇到小白兔，小白兔看到牠們兩個一前一後地走來，嚇得拼命逃跑，頭也不回地鑽進草叢裡；接著他們又遇到山羊，山羊也和小白兔一樣，迅速地逃走。不管他們在森林中遇到哪種動物，結果都相同，一路上所有的動物遠遠地見了牠們就嚇得趕快躲開。

　　老虎看到這情形，驚訝得說不出話來，心想：「天啊！怎麼會這樣？原來狐狸的話是真的，百獸之王已經不是我了！」老虎難過得低下頭來，飢餓的感覺全沒有了，慢慢地離開狐狸。心虛的狐狸怕老虎待會兒如果看穿牠的謊言，會再回過頭來吃掉牠，所以也趕快轉身離開，跑得遠遠地。

　　臣子說完故事後，接著對楚王說：「現在大王您的百萬軍隊和廣大的國土，都由昭將軍來管理，那些北方國家所害怕的，其實是您強大的軍隊，而不是昭將軍這個人，就像動物

們怕的是狐狸身後的老虎，不是狐狸啊！」

這時楚王才突然明白，說：「原來將軍是誰不是重點，重要的是國家要強盛。」從此楚王就更用心地治理國家，楚國也一天比一天強大，其他國家看了更不敢出兵攻打楚國了。

狐假虎威 比喻藉別人的權勢來嚇人或欺侮人。

例句：他沒有任何才能，只因爸爸是大老闆，便狐假虎威，要公司所有的人都聽他的話。

回答問題，看看你理解了多少？

1. 為什麼饑餓的老虎抓到狐狸後又不敢吃牠？

2. 北方的國家真正害怕的是楚國的昭將軍嗎？

七
為虎作倀

🎧 內文 Text：track13　　生詞 Vocab：track14

　　相傳很久以前，一座深山裡住了一隻十分兇猛的老虎。有一天，牠覺得十分飢餓，就在茂密的森林裡尋找食物。

　　可是森林中動作緩慢的動物幾乎都被牠吃光了，其他跑得快的動物一聞到老虎的味道早就逃得無影無蹤，所以老虎找了很久都找不到食物。

　　老虎想：「既然在森林中找不到食物，那我就冒險走到山下靠近村子裡的路上看看，說不定會有**落單**[25]的人！」老虎一面往山下走，一面小心地瞧著四周，生怕遇到獵人。

　　這時剛好有位叫倀的人，到外地去做生意。由於明天是妻子的生日，他為了早點和家人團聚，沒等其他同伴就獨自一

---

25. 落單（luòdān）只剩自己一個人 left behind

人先趕路回家。眼看著村子就在前面，倀高興地加快腳步，沒想到被**埋伏**[26]在路上的老虎看見了：「太棒了，終於讓我等到美味可口的食物了！」老虎迅速地**撲**[27]上去，咬住倀的喉嚨，把他拖到森林中飽餐一頓。

老虎吃掉倀後並不滿足，心想：「如果每天都有人肉可以吃，那該有多好啊！」於是牠抓住倀的靈魂不放，對他說：「除非你再找一個人給我吃，否則我不讓你的靈魂得到自由，你就永遠無法回家，也不能去**投胎**[28]。」

生性膽小的倀雖然已經死了，可是他的靈魂依舊很怕老虎，為了儘快得到自由並回家看妻子，他點頭同意了。

於是，倀的靈魂就到處去找人。當他發現了新的目標，就把那人騙到森林中，在一邊等待的老虎再連忙撲上去飽餐一頓。倀的靈魂為了能早點脫離老虎的控制，還上前幫忙把那人的衣服脫掉，好讓老虎吃起來更方便。

---

26. 埋伏（máifú）躲在別人看不見的地方等著目標物出現 to ambush
27. 撲（pū）跳起來，用身體向對方壓下去 to throw oneself on
28. 投胎（tóutāi）人死了以後，靈魂回到人間，用另一個身體重新出生 to be reincarnated

幾次達成任務後，倀哀求[29]著說：「老虎大哥！現在可以放我走了嗎？我的妻子還在等我回去呢！」老虎雖然對倀的合作態度很滿意，可是還不願放倀的靈魂走。牠回答說：「不行，這個人不夠胖，根本不能填飽我的肚子，下次你要再找一個胖一點的，我才能放你走！」

　　老虎一直找不同的理由不讓倀的靈魂走，這次說：「不行，這一個人味道不好，下次要找個香一點的，不然我就跟

29. 哀ㄞ求ㄑㄧㄡˊ（āiqiú）苦苦請求對方 to entreat; to implore; to beseech

你回去，把你妻子吃掉！」下次又威脅他說：「還不能放你走，這次這個人的肉太老了，你下次要找個嫩一點的，不然我就把你的孩子吃掉！」

於是，倀的靈魂只好無奈地繼續幫著老虎。後人就根據這個傳說，把老虎的幫凶叫「倀鬼」。

為虎作倀 比喻幫壞人做壞事。

例句：小林知道小王偷了別人的東西，不但不勸他，還幫他把東西藏起來，真是為虎作倀。

回答問題，看看你理解了多少？

1. 老虎為什麼不肯放倀的靈魂走呢？牠找了哪些藉口？

2. 倀的靈魂為什麼繼續留在老虎身邊？

八
守株待兔

🎧 內文 Text：track15　生詞 Vocab：track16

　　從前，宋國有一個農夫，雖然不是很聰明，但工作很勤勞。有一天，他正在田裡工作，忽然看到一隻野兔從很遠的地方跑過來，結果一不小心，撞在一棵樹幹上。農夫向前一看，那隻野兔竟然撞斷了脖子，死在樹下了。

　　農夫立刻丟下農具，把那隻野兔撿起來帶回家去，很高興地對妻子說：「妳再也不用花錢買肉了，以後我每天都會從田裡帶隻野兔回來！」妻子雖然不信，還是把野兔拿進廚房料理。

　　當天晚餐，農夫不但有美味的兔肉吃，還得到一張兔皮，整晚**興奮**[30]得睡不著：「哈！兔肉鮮嫩可口，真是人間美味；兔毛又滑又軟，可以拿到市場去賣。如果每天都能撿到

---

30. 興Tーㄥ奮ㄈㄣ（xīngfèn）非常高興 excited

一隻兔子，那我不就可以不用辛苦工作了嗎？」

第二天以後，農夫扔掉農具，再也不下田了。他整天坐在那棵樹下耐心地等待著，希望野兔能再出現。

妻子看他每天只坐在樹下等待，就勸他：「天下沒有**白吃的午餐**[31]。你再不下田工作，我們不但沒兔肉吃，到最後，連米都沒有，遲早會餓死的！」農夫並沒有把妻子的勸告放在心上，還是天天到樹下等兔子。

日子一天一天地過去，農夫一直都沒等到第二隻野兔。有一天，他從白天等到天黑，還是連兔子的影子都沒看到，肚子又餓得**咕咕**[32]叫，就想：「不等了！先回家吃飯吧！明天再來，說不定明天運氣會好一點！」

可是回家後發現餐桌上什麼食物都沒有，不禁氣得大叫：「太太！晚餐呢？我快餓死了，妳跑到哪兒去了？」太太從房裡氣沖沖地跑出來，瞪著他說：「早就告訴你家裡已經沒

---

31. 白ㄅㄞˊ吃ㄔ的ㄉㄜ˙午ㄨˇ餐ㄘㄢ（báichīdewǔcān）不用付出什麼代價就能獲得東西或有好的回報 to get something for nothing

32. 咕ㄍㄨ咕ㄍㄨ（gūgū）肚子很餓時所發出的聲音 an onomatopoetic word used to describe the rumbling of an empty stomach

米沒菜了，你還是不聽。每天只知道做白日夢，幻想野兔會自動送上門。你明天再不下田耕種，就等著餓死吧！」說完丟下農夫一人，拎³³著行李賭氣回娘家去了。

隔天一大早，餓得兩腿發軟，都快走不動的農夫到了田裡，想要摘些菜和挖些地瓜來填飽肚子。沒想到走到田裡一看，他嚇呆了：「天呀！田怎麼變成這樣呢？」原來田裡不僅長滿了雜草，而且原先的農作物也全枯死了。這時農夫才懊

33. 拎_{ㄌㄧㄥ}（līng）用手提著 to carry

惱當初沒聽太太的話。

這件事很快傳遍了宋國，農夫**愚蠢**[34]的行為成了全宋國人取笑的對象。

34. 愚蠢（yúchǔn）很笨 silly or stupid

守株待兔 比喻人死守以前的經驗，不知變通；或比喻人不想付出，只想獲得。

例句：足球比賽時要一有機會就趕快進攻，如果只想守株待兔，等著對方失誤是不可能獲勝的。

回答問題，看看你理解了多少？

1. 農夫為什麼不再下田工作？

2. 農夫的太太為何跑回娘家？

九
熟能生巧

🔊 內文 Text：track17　生詞 Vocab：track18

從前有一位名叫陳堯咨的人，射箭的技術非常好，當地沒有人能勝過他。因此，他十分得意，自以為是天下第一，從不把別人放在眼裡。

有一天，他正在家中的院子裡練習射箭，幾乎每一箭都射中靶心。圍在旁邊觀看的人都**稱讚**[35]說：「你真是個神箭手啊！天下沒有一個人能勝過你呢！」陳堯咨聽後內心非常高興，更加**得意**[36]。

這時，有個上了年紀的賣油翁正好挑著擔子來這裡賣油，聽到大家歡呼鼓掌的聲音，就放下肩上的油擔，站在人群中觀看。過了一會兒，賣油翁對周圍的人說：「原來你們圍在這裡就是為了看射箭呀！這有什麼稀奇的！」

35. 稱讚（chēngzàn）說別人的好話 to praise
36. 得意（déyì）自己認為自己很屬害 to be proud of oneself

陳堯咨聽了非常生氣，問他：「老伯伯，你是外地來的吧！你會射箭嗎？難道你的技術比我高明，否則怎敢瞧不起我呢？要不要和我比比看！」

賣油翁笑了笑，說：「你的箭術是很高明。我雖然不會射箭，但天下所有的技術都一樣，只要練習久了，自然而然就會很高明，不必大驚小怪。」

陳堯咨聽了更加憤怒，正要大發脾氣時，賣油翁慢慢地拿出一個**葫蘆**[37]放在地上說：「我表演一項拿手絕活讓你們瞧瞧吧！」說完他取出一枚**銅錢**[38]，把銅錢放在葫蘆口上，然後用湯匙從油桶中**舀**[39]起一勺油，慢慢地把油從銅錢中間的洞口倒入葫蘆中，一勺油全部倒完，但銅錢上居然沒沾上半滴油。在旁圍觀的人全都拍手叫好說：「太神奇了！老伯伯，原來你也這麼厲害！真是讓我們大開眼界呀！」賣油翁卻謙虛地說：「這不是什麼了不起的本領，只不過是熟能生巧罷了。」

　　陳堯咨聽後非常慚愧，感激地對賣油翁說：「謝謝您幫我上了一課，讓我知道『**人外有人，天外有天**[40]』這個道理，以後我再也不敢傲慢自大了，我會更努力、更虛心地學習任何一件事。」

37. 葫蘆（húlú）一種瓜的果實，曬乾以後可以當水壺裝水 a gourd that, when dried, can be used to carry water
38. 銅錢（tóngqián）中國以前的硬幣 copper coins
39. 舀（yǎo）用手或湯匙把水或液體取出來的動作 to scoop
40. 人外有人，天外有天（rénwàiyǒurén, tiānwàiyǒutiān）比喻總是有人比你更好、更厲害 there is always someone better or greater

從此，陳堯咨不僅每天不停地練習，也改掉了瞧不起別人的壞習慣，成了當地最有名也最受歡迎的射箭師父。

熟能生巧 比喻任何工作只要反覆練習，時間久了，自然能掌握技巧，做起來得心應手。

例句：無論做什麼事，剛開始總會有點陌生，但時間一久，就熟能生巧了。

回答問題，看看你理解了多少？

1. 陳堯咨的射箭技術怎麼樣？別人如何說他？

2. 看完賣油翁的技術後，陳堯咨有何反應？

十
揠苗助長

內文 Text：track19　生詞 Vocab：track20

　　戰國時期，宋國有一個農夫，個性非常急躁。有一次，他把**秧苗**[41]種在田裡後，就不斷地到田裡去觀察秧苗的生長，有時甚至一天看好幾回。

　　日子一天天過去，農夫疑惑地對著田裡的秧苗看了又看：「奇怪！我的秧苗好像一點也沒長高的樣子。別人田裡的秧苗不也是前一陣子才種的嗎？怎麼左看右看都長得比我的高呢？」他焦急萬分，不停地在**田埂**[42]上走來走去，心想：「這樣下去，我要等到什麼時候，才有成熟的稻米可吃啊！我不能老是在這裡等，得想個辦法幫助它們長高才行。」

---

41. 秧苗（yāngmiáo）水稻的幼苗 a seedling
42. 田埂（tiángěng）水田裡高起的部分，作為走道好讓人通過 a ridge between fields

這一天，農夫又在田埂上著急不安地走來走去。忽然，他靈機一動，心想：「為了讓小孩長高，大人常常會替小孩拉拉腳、拉拉頭，說這樣小孩可以長得快一點。如果我把田裡的每棵秧苗都向上拉一些，這樣不就可以讓秧苗快快長高了嗎？」

於是，他歡歡喜喜地蹲在田裡，萬分小心地把每一棵秧苗都往上拉一點，從早忙到天黑，累得腰都直不起來了。

回到家，農夫馬上得意地把今天的事對家人說：「啊！今天真是累死我了，我幫田裡的秧苗長高了。相信再過不久，我們就有稻米可以收成了！」他兒子一聽，覺得很**納悶**[43]：「怎麼可能？不是前幾天才種的嗎？哪有長那麼快的道理！」急忙趕到田裡一看，發現所有的秧苗全都枯萎了。

43. **納悶**（nàmèn）不明白，不了解 puzzled or bewildered

回答問題，看看你理解了多少？

1. 農夫一直想要讓秧苗快點長大，結果他想出了什麼辦法？

————————————————————————

2. 他兒子趕到田裡時，發現秧苗長高了嗎？

————————————————————————

十一
邯鄲學步

內文 Text：track21　　生詞 Vocab：track22

在燕國壽陵這個地方的人，走路的樣子都像大象一樣，左搖右擺，十分難看。

當地有個年輕人，聽說趙國首都邯鄲這個城市的人，走起路來相當優美好看，就不怕辛苦地走了好幾天的路，準備到邯鄲去學習走路的姿勢。

年輕人千辛萬苦地來到邯鄲後，發現熙來攘往的大街上，果然每個人走路的姿勢都十分優雅，一舉手，一投足，都散發出高貴的氣質，比起壽陵的人，真是好看多了。於是，年輕人想：「只要跟在他們後面模仿，相信時間久了，我走路的姿勢也可以和他們一樣。」於是他很認真地跟在邯鄲人的後面，一步一步地用心學習。

學了幾天以後，他總覺得自己學得不像，而且越走姿勢越奇怪，心想：「一定是自己太習慣原來的方式，所以才學不

會，如果不徹底拋棄自己的老步法，肯定永遠也學不好新的姿勢。」

此時，這位打算從頭學起的年輕人，每跨出一步，都要仔細地思考下一步的動作。既要考慮上半身如何擺動，又要想想如何移動手腳，甚至每一步都認真地計算距離，結果，沒走幾步就累得滿身大汗。

他雖然廢寢忘食地學習，但仍然學不會邯鄲人走路的姿勢。最後他想：「算了！既然學不會，一直待在這裡也不是辦法，況且帶來的錢也快用完了，不如先回家，以後再找個邯鄲老師慢慢學。」可是正當他要跨出腳步時，才發現居然手腳都**不聽使喚**[44]，不知哪隻手要先擺動，哪隻腳要先跨出去，原來他連自己在家鄉的走路姿勢也忘了。

邯鄲學步　比喻模仿不成，反而失去自己的本質或原有的長處。

例句：我們在追求流行的同時，也應保有自己的特點，
　　　以免邯鄲學步，得不償失。

---

44. 不聽使喚（bùtīngshǐhuàn）不聽從指揮、命令 to refuse to do the bidding of someone; out of control

這個寸步難行的年輕人，最後沒辦法，只好趴在地上，爬著回壽陵了。

回答問題，看看你理解了多少？

1. 燕國的年輕人想到邯鄲學什麼？原因為何？

2. 這個年輕人在邯鄲學了好幾天，結果如何？

十二
杞人憂天

🎧 內文 Text：track23　　生詞 Vocab：track24

　　從前在杞國有一個人，他的膽子又小又愛胡思亂想。有一天晚飯後，他拿著一把扇子在院子裡一邊乘涼，一邊欣賞天上的星星，滿天的星光一閃一滅，好像許多耀眼的寶石，令人著迷。

　　就在他看得如痴如醉時，忽然有一顆流星從夜空中迅速劃過，這時他腦中突然冒出一個想法：「哎呀！有一顆星星掉下來了。如果有一天，星星都掉光了，天空也跟著塌[45]下來，那該怎麼辦？我應該躲在哪兒？床下？椅子下？有用嗎？如果找不到地方躲，那我不就要活活被壓死了嗎？」

　　從此以後，他整天擔心天空會塌下來，卻想不出解決的好辦法。他越想越害怕，最後焦慮得飯吃不下，覺也睡不好，甚至連大門都不敢踏出一步。

---

45. 塌（tā）上面的東西整個掉下來 to collapse; to cave in

朋友看他最近都不出門，而且日漸消瘦、精神**恍惚**[46]，都跑來關心地問他：「你怎麼啦？是不是生病了？怎麼臉色蒼白，一副死氣沉沉的樣子？有什麼煩惱，說出來聽聽，我們才有辦法幫你解決啊！」看著朋友們關切的眼神，杞人非常感激，就把他擔心的事詳細地告訴這群好朋友。

　　朋友們聽完後都覺得又好氣又好笑，但看他那副擔心的表情，也不忍心責罵他，只好勸他別想太多，並安慰他說：「人是應該有憂患意識，但你何必為這種無聊的事窮擔心呢？自古以來，從沒有發生過這樣的事啊！就算哪天天真的塌下來了，有大樹、房子撐著，不然我們這些好朋友也會幫你頂著，不會讓天壓到你的，所以不要再自尋煩惱了。」

　　聽完朋友的話後，杞人鬆了口氣說：「太好了，聽你們這樣說，我就放心了，要不然我整天都活在**恐懼**[47]中，遲早會變成瘋子的。」這時他終於露出笑容，不再為這件事整天心驚膽戰了。

---

46. 恍惚（huǎnghū）精神不好，迷糊不清楚 absent-minded; distracted
47. 恐懼（kǒngjù）非常害怕 great fear, terror, dread, or apprehension

杞人憂天 比喻為不必要或沒有根據的事情憂慮。

例句：你現在都還沒畢業，就一直擔心畢業後會找不到
工作，真是杞人憂天。

回答問題，看看你理解了多少？

1. 杞人為什麼突然擔心起天會塌下來？

_____

2. 朋友們知道了杞人所擔心的事後，他們有
   什麼反應？

_____

<h1 align="center">討論：</h1>

1. 你覺得學成語最難的是哪個部份？是意義？還是應用或其他方面？

_____

_____

_____

2. 這本書的十二則成語故事中，你最喜歡哪一則？為什麼？

_____

_____

_____

3. 看完這本成語故事後，你對中國成語是不是有更進一步的了解？說說你的想法。

_____

_____

_____

中文讀本（高級本）

成語故事

作　　者：陳鈴美
繪　　圖：蔡嘉驊
企劃主編：麥　荷、齊玉先
發 行 人：林載爵
執行編輯：呂淑美
審　　稿：吳桃源、盧德昭
校　　對：曾婷姬
整體設計：瑞比特工作室
錄　　音：純粹錄音後製有限公司
出　　版：聯經出版事業股份有限公司
　　　　　臺灣臺北市忠孝東路四段561號4樓

國家圖書館出版品預行編目資料

成語故事/陳美鈴著 . 初版 . 臺北市 .
聯經 . 2009年12月（民98年）. 52面 .
14.8×21公分 .（中文讀本）
ISBN　978-957-08-3491-8（平裝附光碟）

1.漢語　2.成語　3.讀本

802.86　　　　　　　　　98021043

Chinese Readers（Advanced Level）

Chinese Idiom Stories

Author	: Ling-mei Chen
Illustrator	: Max Tsai
Editor-in-chief	: Heather McNaught, Ocean Chi
Publisher	: Linden T.C. Lin
Editor	: Shu-mei Lu
Copy Editor	: Tao-yuan Wu, De-zhao Lu
Proofreader	: Teresa Tseng
Layout & Cover Design	: Rabbits Design Inc.
Recording Production	: Pure Recording & Mixing

Published by Linking Publishing Company

4F, 561 Chunghsiao E. Road, Sec. 4, Taipei, Taiwan, 110, R.O.C.

First published December 2009　Copyright © 2009 Linking Publishing Company

Printed in Taiwan

ISBN: 978-957-08-3491-8　　Price: NT$220 / US$6.99